Título
Fotógrafa Submissa
De
Erika Sanders
Serie
Coleção Dominação Erótica

ERIKA SANDERS

Sinopse

5

Julia é uma fotógrafa profissional que gosta de imortalizar momentos importantes na vida das pessoas através de suas fotografias.

Enquanto em seu estúdio revela as últimas fotos que tirou para uma família, um novo cliente entra nas instalações.

Esse cliente, um executivo famoso e bem posicionado, tem uma tarefa não convencional para Julia: filmar cenas para adultos.

Julia reluta em aceitar esta comissão, mas a oferta do executivo é muito suculenta...

Fotógrafa submissa é um romance com forte conteúdo erótico de BDSM e, por sua vez, um novo romance pertencente à coleção Erotic Domination, uma série de romances com alto conteúdo de BDSM romântico e erótico.

(Todos os personagens têm 18 anos ou mais)

Nota sobre a autora

Erika Sanders é uma escritora conhecida internacionalmente, traduzida em mais de vinte idiomas, que assina seus escritos mais eróticos, longe de sua prosa habitual, com seu nome de solteira.

Índice

FOTÓGRAFA SUBMISSA
ERIKA SANDERS

PRIMEIRA PARTE
A oferta de emprego

CAPÍTULO 1

Julia estava sentada no quarto escuro de seu pequeno estúdio de fotografia enquanto desenvolvia imagens fotográficas.

A fotografia sempre foi sua paixão, e ela fez dela sua carreira.

A garota de trinta anos assistiu atentamente enquanto as imagens eram concluídas.

Ele os pendurou para secar e levou um momento para admirar seu trabalho para uma família amorosa.

Julia parou o trabalho quando ouviu a campainha tocar quando a porta da frente se abriu.

Ele foi à recepção e viu uma mulher executiva na casa dos quarenta, vestida como alguém que trabalhava em um escritório muito elegante.

"Boa tarde", disse Julia com um sorriso caloroso. "Bem-vindo ao meu estúdio de fotografia. Meu nome é Julia. Como posso ajudá-lo?"

A profissional sorriu de volta.

"Olá Julia. Meu nome é Catherine."

Eles apertaram as mãos enquanto Julia estava atrás do balcão.

"Prazer em conhecê-la, Catherine. Há algo que eu possa fazer por você hoje? Você está procurando algo em particular?"

"Na verdade, sou. Adoro o seu trabalho. Acho que você é excelente em tirar retratos e capturar momentos especiais."

Julia corou.

"Obrigado. Você está aqui por recomendação?"

"Pesquise, na verdade. Acho que as imagens que você tem no seu site são ótimas. Você é uma mulher muito talentosa."

"Faço o melhor que posso".

"Então, como esse processo funciona?" Perguntou Catherine. "As pessoas entram em contato com você, dizem o que querem e depois tiram fotos delas? Eu sou novo nisso, obviamente."

"Geralmente é assim que funciona. Às vezes as pessoas vêm ao meu estúdio se querem tirar retratos, ou às vezes me contratam para ir para casa".

"Que tipo de fotos você costuma tirar?"

"Depende", respondeu Julia. "Se eu tenho que sair, geralmente é para casamentos, cerimônias, formaturas, coisas assim. No meu estúdio, eu costumo tirar retratos de família."

"Você se importa se eu fizer uma pergunta pessoal?"

"Adiante."

"Você ganha muito dinheiro fazendo isso?"

"É uma vida digna."

"Julia, não vou perder seu tempo", disse Catherine em tom comercial. "Estou procurando contratar um fotógrafo para uma série de sessões de fotos. Pagarei um bom dinheiro e exigirei total discrição. Todas as imagens serão voltadas para adultos."

"Isso não deve ser um problema", respondeu Julia com confiança. "Eu fiz muito trabalho nu antes. Estou confortável com esse tipo de coisa."

"Que tipo de experiências você tem sobre isso?"

"Eu tive algumas aulas de arte nua na faculdade. Na minha carreira fotográfica, tirei retratos sensuais nus para mulheres. É um pedido bastante comum. Suponho que você queira algo assim."

Catherine sorriu.

"Não inteiramente. O que eu faço envolve um pouco mais de erotismo."

"É pornográfico?" Julia perguntou cautelosamente.

"Eu não sou uma pessoa que gosta de rotular as coisas. Eu exploro os limites da sexualidade humana de uma maneira muito particular. Tenho amigos especiais e gostaria que você documentasse algumas de nossas sessões com seu conjunto único de habilidades. Como fotógrafo "

Julia ficou um pouco confusa.

"Não posso. Sinto muito. Sem ofensas, mas provavelmente não poderia fazer o meu melhor trabalho nesse ambiente."

Catherine enfiou a mão na bolsa e colocou um cartão de visita na mesa.

"Obrigado pelo seu tempo", respondeu Catherine educadamente. "Como artista, eu esperava que você tivesse uma mente aberta para todas as formas de arte que envolvem o corpo humano. Se você estiver curioso sobre o que eu faço, ligue para mim. Ainda espero que possamos trabalhar juntos eventualmente. Tenha um ótimo dia."

"Você também. Obrigado por ter vindo. Peço desculpas por não poder ajudá-lo."

"Não peça desculpas. Isso não é para todos. No verso do meu cartão, escrevi o valor que pagaria pelos seus serviços. Pense nisso."

Com isso dito, Catherine se virou e saiu do pequeno escritório.

Essa foi a oferta mais incomum que Julia recebeu desde que começou seu próprio negócio de fotografia.

Ela nunca tinha sido solicitada por algo abertamente sexual antes.

Ele pegou o cartão e olhou para ele.

Para sua surpresa, Catherine ocupou uma posição de alto nível em um grande banco de investimento na cidade.

Julia virou o cartão e viu o preço que Catherine estava disposta a pagar, e ficou surpresa.

CAPÍTULO 2

Mais tarde, ele estava pensando naquela noite.

A curiosidade ainda estava na mente de Julia antes de dormir, apesar de uma parte dela querer ficar longe de Catherine.

Foi ao lixo onde jogara fora e pegou o cartão de visita de Catherine, que o transformara em uma bola.

Ele desdobrou e deu outra olhada.

Então ele foi ao seu computador para uma rápida revisão.

Após uma breve pesquisa, Julia encontrou a página de Catherine no LinkedIn.

Catherine era uma experiente executiva de negócios com uma alta posição em um grande banco de investimento.

A quantidade de experiência que Catherine teve em um nível alto foi surpreendente para Julia.

Julia continuou sua pesquisa on-line e encontrou a página de Catherine no Facebook, aberta a todos.

Ele olhou as fotos pessoais da empresária.

Catherine era linda, elegante, sofisticada, com uma aura dominante.

Julia se perguntou por que essa mulher estaria interessada em tirar fotografias explícitas.

Mas obviamente todo mundo tem seus segredos, pensou Julia.

A intriga foi suficiente para Julia mudar de idéia.

Afinal, quão decadentes poderiam ser essas imagens?

Certamente eles tinham que estar de bom gosto.

Ele abriu o e-mail e escreveu uma mensagem para Catherine:

Oi Catherine

Espero que você esteja se divertindo. Sou Julia do estúdio de fotografia. Pensei muito em sua oferta e poderia reconsiderar minha posição sobre o assunto, se você ainda estiver interessado em trabalhar comigo. Mas primeiro, eu tenho algumas perguntas. Existe um momento apropriado para conversarmos ao telefone? Ou você gostaria de continuar se comunicando por e-mail? Faça-me saber disso.

Cuidado,

Julia ”

Ele olhou para o relógio, e já eram vinte e cinco da noite.

Julia desligou o computador e deu outra olhada no cartão de visita.

Ele virou e olhou para a nota manuscrita de Catherine: quinhentos dólares por hora.

Ela só ficou mais curiosa quando foi dormir.

CAPÍTULO 3

A manhã seguinte foi uma manhã típica para Julia.

Quando não havia leads ou clientes em seu pequeno estúdio, ele passava seu tempo na câmara escura desenvolvendo mais fotos.

Foi um trabalho tedioso, mas ela gostou.

Quando terminou, saiu do quarto escuro e olhou para o laptop em sua mesa.

Havia vários novos e-mails.

Os olhos de Julia examinaram brevemente a lista de mensagens, principalmente relacionadas ao trabalho.

O que instantaneamente chamou sua atenção foi a resposta por e-mail de Catherine.

Ela abriu:

Julia

Fico feliz que você tenha reconsiderado minha oferta. É melhor nos encontrarmos pessoalmente para discutir isso. Venha ao meu escritório na sexta-feira às oito da manhã. Vou marcar uma consulta para você e minha secretária deixarem você entrar.

Catherine ”

O breve e-mail foi mais do que suficiente para despertar o interesse de Julia mais uma vez.

Ela procurou no cartão de visita de Catherine o endereço de seu escritório no centro.

Ela usou a Internet e procurou instruções para chegar lá de sua casa, e certificou-se de manter sua agenda clara para a manhã de sexta-feira.

SEGUNDA PARTE
A sala da escravidão

CAPÍTULO 4

Julia estava nervosamente parada no elevador quando subiu no grande prédio.

Ela usava uma camisa de botão com uma saia de escritório para parecer apropriada no ambiente corporativo.

Quando o elevador finalmente chegou ao chão, Julia procurou timidamente o escritório de Catherine na área estranha para ela.

Quando a localizou, ele se aproximou de uma jovem secretária que lhe permitiu entrar no escritório.

Silenciosamente, ela engoliu em seco quando entrou e percebeu que acabara de interromper o trabalho de escritório de Catherine, qualquer que fosse o momento.

"Por favor, sente-se", disse Catherine educadamente por trás de sua mesa. "Estou feliz que você mudou de idéia sobre um possível relacionamento."

Julia sentou-se e relaxou.

"Bem, eu pensei sobre isso e percebi que provavelmente é algo de bom gosto."

"Olhe para o meu escritório. Claro, tudo o que faço é de bom gosto", disse a empresária, brincando.

"Eu definitivamente posso ver isso."

"E tenho certeza que o dinheiro que ofereço ajudou a convencê-lo, está correto?"

Julia corou.

"Isso faz parte disso."

"Bom", Catherine concordou. "Agradeço sua honestidade. Não há vergonha em querer mais dinheiro."

"O dinheiro é sempre bom. Não sou exatamente rico. Mas, acima de tudo, adoro a arte da fotografia. Adoro capturar imagens de pessoas que durarão a vida inteira. Você parece uma pessoa realmente interessante e contar sua história com minhas fotos foi uma oportunidade que eu simplesmente não podia deixar passar. "

"Eu sabia que estava escolhendo a mulher certa para o trabalho", sorriu Catherine.

"Você se importaria de me dar uma idéia do que você quer? Entendo sua necessidade de discrição, dado o assunto. Mas, neste momento, eu gostaria de saber no que estou me metendo."

"Você conhece a escravidão e o estilo de vida BDSM?"

Julia ficou surpresa.

"Sim estou."

"O que você pode me falar sobre isso?"

Julia pensou por um momento.

"Não muito. Eu apenas sei as coisas clichês que vejo na TV. Você sabe, chicotes, correntes, couro. Esse tipo de coisa."

"Esse é apenas um pequeno aspecto do fetiche", explicou Catherine. "O verdadeiro BDSM é sobre domínio e submissão. Trata-se de perder poder e se entregar completamente a outra pessoa. Com segurança e por consenso, é claro. Chicotes e correntes são meras ferramentas para atingir um objetivo específico".

"Ela é uma amante ou algo assim?" Julia perguntou em um tom tímido.

"Eu não gosto de etiquetas. Mas acho que caberia nessa descrição. Isso te incomoda?"

"Nem um pouco. Hum, acho que o empoderamento feminino é uma grande coisa."

"Eu também", Catherine concordou. "E você verá um grande empoderamento feminino quando chegar à minha sala especial. A maioria dos meus submissos são homens de negócios poderosos em suas vidas diárias. Eles se preocupam em me fazer trazê-los de joelhos em particular."

"E você?"

"Eu que?"

"Você envia também?" Julia perguntou.

Catherine sorriu.

"Claro que sim. Eu não faria isso se não amasse a cada segundo."

"Como isso funciona? Quero dizer, eles estão vindo para visitá-lo? E daí? Você bateu neles ou algo assim?"

"Eu tenho uma sala especial de escravidão no meu sótão", respondeu Catherine. "Conheço submissos diferentes do mundo corporativo. É algo exclusivo. Geralmente nos fins de semana. Apenas por uma hora."

"Por que uma hora?" Julia perguntou.

"É a quantidade perfeita de tempo, na minha opinião. Se durasse muito, as coisas começariam a doer de uma maneira ruim. Se fosse muito curto, não haveria preliminares suficientes para construir as coisas. Uma hora é a quantidade perfeita de tempo para construir. um clímax incrível
"
.

"Parece provocador."

"Espere até ver", disse Catherine. "Eu uso uma máscara de ouro. É como um alter ego que eu tenho. Uma vez que a máscara está ligada, eu me torno uma pessoa diferente. Se as pessoas pensam que eu sou uma cadela no escritório, espere até você estar na minha sala de escravidão comigo. com a máscara e um chicote na mão. Eu me torno algo completamente diferente. "

Julia foi atraída por Catherine.

Era um novo mundo de liberdade sexual sem as restrições de inibições pessoais.

Ele a rejeitou de alguma forma, mas ao mesmo tempo, era completamente fascinante.

Eu mal podia esperar para vê-lo e capturá-lo na câmera.

"Você quer que eu fotografe toda a experiência, certo?" Julia perguntou, para deixar claro.

"Eu quero que você fotografe tudo, exceto os rostos. A discrição é da maior importância, pois meus submissos são principalmente indivíduos ricos. Você não terá permissão para saber quem eles são. Eles serão mascarados o tempo todo."

Os dedos de Julia se moveram nervosamente.

"Serei honesto. Tudo isso me parece estranho. Nunca me pediram para fazer parte de algo assim antes. Eu nem vi essas coisas em vídeo, o que não significa que não tenha visto pornografia. Tudo é muito novo para mim."

"Então eu te invejo", respondeu Catherine.

"Sério porque?"

"Porque você vai explorar isso pela primeira vez, com olhos virgens."

"Definitivamente será esse o caso", respondeu Julia.

"Diga-me, você está satisfeito com sua vida sexual?"

"Que queres dizer?"

"Você está sexualmente satisfeito?" Catherine perguntou sem rodeios. "Você goza como quer? Você gostaria de ter orgasmos melhores? Você gostaria que alguém te ferrasse de corpo e alma?"

Julia ficou surpresa com a linha de perguntas da respeitável empresária.

"Minha vida sexual poderia ser melhor", ele admitiu. "Sou solteiro. Não saio há muito tempo. É o preço pessoal que pago pela administração do meu próprio negócio".

"Então você provavelmente se masturba muito."

"Mais ou menos."

Catherine pegou uma caneta e um bloco de notas e começou a escrever.

Quando terminou, entregou a nota a Julia.

"Esse é o endereço do meu apartamento", disse Catherine. "A próxima sessão é sábado, às dez horas da noite. Não se atrase. Você receberá quinhentos dólares por toda a hora. Tire fotos do que quiser, exceto rostos ou qualquer coisa que possa ser usada para identificar alguém. As imagens pertencerão exclusivamente a mim. Portanto, não as publique em nenhum lugar. Minha secretária terá um contrato e formulários de confidencialidade prontos para você assinar quando sair do meu escritório. Isso será tudo por enquanto. "

Julia se levantou.

"Obrigado. Aguardo com expectativa a nossa reunião no sábado."

Catherine também se levantou e as duas mulheres apertaram as mãos para fechar informalmente o acordo.

"Só mais uma coisa, vista um belo vestido quando você vier. Quero que você pareça bem."

O olhar no rosto de Julia mudou.

Naquele exato momento, ele acabara de perceber no que estava se metendo.

CAPÍTULO 5

Depois de se reunir com a secretária para assinar os formulários e acordos, Julia saiu rapidamente do prédio corporativo para respirar ar fresco.

Sua mente era uma mistura de emoções.

Eu estava curioso, mas estava nervoso.

Fiquei intrigado, mas relutante.

Ele percebeu que tudo estava na liderança, mas era tarde demais para recuar.

Ela já havia dado sua palavra, assinado os contratos e não havia como voltar atrás.

A rua do centro estava cheia e ela observou os funcionários corporativos caminharem em direção a seus destinos, enquanto ela permanecia completamente nervosa.

Julia viu uma pequena lanchonete ao ar livre e foi até a fila.

Eu precisava desesperadamente de algo forte para beber.

No momento em que Julia ficou na fila, ouviu uma voz chamando-a por trás.

Ela se virou e viu a secretária pessoal de Catherine se aproximando dela com um sorriso.

A secretária era surpreendentemente jovem, na casa dos vinte, e ela era muito bonita.

"Esqueci de assinar alguma coisa?" Julia perguntou, quando a secretária se aproximou.

"Não. Tudo isso está feito. Estou no meu horário de descanso e queria falar com você."

"Oh por que?"

"Eu sei para o que você foi contratado", disse ele. "Quando você assinou os documentos, parecia aterrorizado, como se estivesse assinando um contrato para a sua vida."

"Você pode me culpar por me sentir assim?"

A secretária sorriu.

"É um sentimento normal. Eu sei exatamente o que você está passando."

"Você sabe disso?" Julia perguntou.

"Sim. Digamos que eu passei por um extenso processo de entrevista para conseguir meu emprego como secretária de Catherine."

Julia não demorou muito para estabelecer a conexão.

Ele imediatamente percebeu que a bela jovem secretária era sexualmente submissa a Catherine.

Julia fez o possível para não parecer surpresa.

"Então você e Catherine?" Julia perguntou sugestivamente e curiosamente.

A secretária assentiu com orgulho.

"Candidatei-me ao emprego sabendo que não estava qualificado para trabalhar para uma mulher corporativa de primeira linha. Mas achei que não tinha nada a perder. Ela me entrevistou pessoalmente. Percebi que ela gostava da minha aparência. E antes que percebesse, assinei muitas dos mesmos documentos que você. Então ela me deixou entrar em seu mundo particular de aventura. "

"Por que você está dizendo isso para mim? Eu não quero parecer rude, mas essa não é exatamente a informação que deve ser compartilhada."

"Parece que você pode precisar de um amigo. Eu não quero que você fique nervoso."

"Obrigado", respondeu Julia. "No entanto, eu já estou nervoso. Não posso deixar de sentir que cometi um grande erro. Não tenho certeza se posso lidar com um fetiche como esse."

"Pensei a mesma coisa quando comecei a me envolver com ela. Fiquei aterrorizada quando vi sua sala de escravidão. Minhas mãos tremiam quando começamos o processo. Mas agora não posso ficar sem ela."

"O que fez você mudar de opinião?" Julia perguntou.

"O prazer."

CAPÍTULO 6

Sábado à noite.

Julia foi ao apartamento com a câmera no estojo e estava usando um vestido amarelo que havia comprado especificamente para a ocasião.

Eram nove horas da noite.

Ele chegou uma hora antes da consulta quando subiu o elevador.

Ser pontual fazia parte do trabalho.

Quando chegou ao chão, Julia foi até o apartamento de Catherine e ligou.

Ele não teve que esperar muito tempo para Catherine abrir a porta com os pés descalços em um roupão de seda.

Os cabelos de Catherine estavam bem arrumados, assim como a maquiagem perfeita.

"Você chegou cedo", Catherine sorriu.

"Eu sempre gosto de chegar cedo. Isso é um problema? Eu sempre posso voltar um pouco mais tarde ..."

"Não, não, está tudo bem. Entre. Estou feliz que você chegou cedo. Isso nos dá a chance de conversar um pouco mais."

Julia entrou no apartamento e ficou maravilhada com tudo.

"Lugar bonito", disse Julia com admiração. "Isso é maravilhoso. Eu nunca vi nada assim na cidade."

"Haverá muitas coisas esta noite que você nunca viu antes."

"Tenho certeza que você está certa. Posso ver sua sala de escravidão? Eu adoraria tirar algumas fotos dela agora."

"Ainda não", respondeu Catherine. "Quero que você tire fotos quando tudo começar, não antes."

"OK."

"Algo com medo?"

Julia pensou por um momento.

"Um pouco. Mas eu vou ficar bem. No entanto, eu definitivamente estou curioso. Eu nunca fiz parte de algo assim."

"Você é o tipo de mulher que vai gostar disso. Eu posso sentir."

"O que te faz dizer isso?"

"Faço isso há muito tempo", respondeu Catherine. "Eu posso saber muito sobre os hábitos sexuais das pessoas apenas olhando para elas. Depois desta noite, tenho certeza que você estará ansioso para voltar. Você ficará viciado. Confie em mim."

Julia ficou subitamente desconfortável com a suposição de Catherine.

Ela tentou permanecer profissional e séria.

"Então, o que você pode me dizer sobre o convidado de hoje à noite?" Julia perguntou, mudando de assunto.

"Ele é rico. Ele é um amigo meu de longa data. Normalmente, recebo conselhos de negócios dele, mas sexualmente, ele recebe ordens de mim. Você não verá o rosto dele e não conhecerá a identidade dele."

"A que horas ele chegará?"

"Está aqui", Catherine sorriu.

"Ele está ...?"

Catherine gesticulou olhando para o corredor.

"Está na minha sala principal. Você quer que dê uma olhada?"

As duas mulheres caminharam pelo corredor do apartamento de luxo.

Os batimentos cardíacos de Julia dispararam como se ela estivesse fazendo exercícios cardiovasculares.

Seu coração estava batendo rápido quando Catherine abriu a porta do quarto principal.

"Aqui está", disse Catherine.

Julia ficou quase surpresa quando viu um homem de meia-idade sentado na cama, vestido apenas de cueca.

O rosto e a cabeça estavam cobertos por uma máscara de couro preto.

Havia buracos para ele ver e falar.

Ele olhou diretamente para Julia.

Seu corpo refletia sua idade e sua figura era lisa e gordinha.

Suas mãos estavam atadas juntas por uma corda.

"O que você acha?" Catherine perguntou com um sorriso maligno.

"Eu não sei o que pensar".

"Bem, você tem medo do que farei com ele? Isso te excita de alguma forma? Você deve ter algumas idéias sobre isso."

"Certamente é uma imagem muito provocativa".

Catherine sorriu.

"Se você acha que isso é provocador, espere até o show começar. No entanto, ainda não é hora".

Ele fechou a porta do quarto e eles ficaram no corredor.

"Enquanto isso", disse Catherine, olhando o corpo do fotógrafo. "Eu pensei que tinha dito para você usar um belo vestido para hoje à noite."

Julia olhou brevemente para o seu vestido amarelo barato.

"Desculpe. Foi o melhor que pude encontrar."

"Não é bom o suficiente. Siga-me."

As duas mulheres foram em direção a uma sala diferente no final do corredor.

Era um quarto de hóspedes, tão impressionante quanto a sala principal.

O quarto estava arrumado e a cama parecia fresca.

Catherine abriu o armário e procurou brevemente a grande variedade de roupas caras.

Quando ele encontrou o que procurava, jogou-o na cama.

Era um vestido preto fino e elegante.

"Coloque-o", disse Catherine. "Eu não quero que você use nada além disso, nem mesmo seus sapatos."

"E o meu sutiã e calcinha?"

"Nem. Isso é um problema?"

Julia balançou a cabeça.

"Não."

"Tudo bem. Vista-se neste quarto. Volto em breve assim que calçar as botas e me livrar dessa túnica."

"OK."

"Você está pronto para isso?" Perguntou Catherine.

"Eu estou."

"Você parece estranho. Não há problema em ficar nervoso. Mas se você não quiser continuar, tudo bem também. Eu sempre posso encontrar outra pessoa e até pagarei por você hoje à noite."

Julia respirou brevemente.

"Não. Eu quero fazer isso. Vou colocar o vestido e estar pronta quando você estiver."

"Excelente", Catherine sorriu, antes de se virar para ir embora.

Julia foi deixada sozinha no luxuoso quarto de hóspedes.

Ela olhou para o vestido preto que estava na cama e se perguntou quanto valeria a pena.

Parecia caro.

Ela abaixou a câmera, depois tirou o vestido amarelo e jogou-o na cama.

Ele tirou os sapatos.

Finalmente, como Catherine pediu, ela tirou o sutiã e a calcinha e ficou nua no quarto.

Ela olhou para sua aparência nua no espelho, percebendo o quão normal ela parecia.

Ela pegou o vestido preto e o vestiu, depois se olhou no espelho novamente.

Desta vez, ela parecia muito diferente.

Ela parecia uma mulher de classe e elegância.

"Linda", a voz de Catherine disse do corredor.

Julia ficou surpresa que eles a observassem, mas ela não tinha certeza de quanto tempo.

Os olhos dela se arregalaram de espanto quando viu Catherine de espartilho preto e longas botas pretas.

A aparência de Catherine contrastava fortemente com seu traje profissional habitual.

"Oh obrigada", Julia respondeu calmamente. "Você está linda também."

"Agora é a hora. Eu removi o seguro do meu quarto especial. É no final do corredor. Espere por mim lá com sua câmera pronta e eu levarei nosso convidado especial. Você é livre para tirar as fotos como quiser. Não vou lhe dar instruções sobre como fazer seu trabalho. Depende de você. "

"Obrigado."

Catherine se afastou, indicando a Julia que era hora de ir sozinha para a sala de escravidão.

Julia respirou baixinho e, com sua grande câmera na mão, passou por Catherine e seguiu pelo corredor até a sala aberta.

CAPÍTULO 7

A sala de escravidão era grande e as paredes estavam cobertas de estofamento preto.

Era uma sala muito bem iluminada.

Os olhos de Julia examinaram os diferentes itens e acessórios sexuais em exibição.

Havia uma grande variedade de vibradores, brinquedos sexuais, correntes e grampos.

Havia uma cadeira e uma mesa na sala, que eram os únicos móveis disponíveis.

Havia um grande relógio na parede para garantir que cada sessão durasse exatamente uma hora.

Foi só quando ouviu o som dos calcanhares de Catherine clicando no chão que Julia se lembrou de que ela tinha um trabalho específico a fazer.

Eles estavam chegando, e Julia preparou sua câmera para tirar fotos.

A primeira coisa que Julia viu entrando na sala foi o homem de meia idade, com as mãos ainda amarradas e o rosto ainda coberto para proteger sua identidade.

Julia tirou uma foto dele.

Então Catherine entrou na sala.

Ela usava uma máscara de ouro brilhante que cobria o rosto, mas deixava o cabelo cair livremente.

A máscara parecia ter sido criada no século quinze para uma família real, pensou Julia.

Julia tirou fotos de Catherine guiando o homem para o quarto e depois fechando a porta.

Julia observou com curiosidade o homem amarrado ter que se ajoelhar.

Catherine ordenou que ele se ajoelhasse e permanecesse em silêncio.

Julia tirou mais fotos.

Catherine foi à sua coleção de brinquedos sexuais e procurou o que queria.

Finalmente, ela se decidiu por um longo vibrador cor de carne.

Mas ela ainda não havia terminado.

Ela amarrou o vibrador no cinto e depois o colocou sobre o espartilho de couro.

Julia tirou mais fotos.

"Você está pronta esta noite?" Catherine perguntou a seu homem submisso.

"Mmm ... Hmmm ..." ele murmurou em resposta.

"Bom garoto", disse Catherine em tom condescendente. "Agora eu quero sua bundinha dobrada sobre a mesa."

O homem levantou-se e ficou em cima da mesa, com o estômago sobre ela e as pernas afastadas.

O homem demonstrou que já havia feito isso várias vezes antes e que estava aproveitando cada momento, por mais tempestuoso ou degradante que a experiência parecesse a uma pessoa normal.

Catherine pegou uma pequena pá de madeira e começou a bater suavemente na bunda do homem.

A princípio foi suave, como se ela se importasse com o bem-estar dele.

Com a pá, ela começou a bater nele com mais força, depois mais forte ainda.

O homem começou a murmurar com a boca quando os golpes se tornaram mais intensos.

Julia quase se sentiu mal por ele, mas ela fez seu trabalho e tirou fotos.

"Você gosta disso, porquinho?" Catherine perguntou, continuando com a pá.

"Mmm ... hmm ..."

"Eu tenho outra coisa para você."

Catherine largou a pá e amarrou as mãos e os tornozelos do homem nos diferentes cantos da mesa.

Ele foi pego.

Toda a sua confiança foi completamente depositada em Catherine.

Foi por sua vontade e por sua misericórdia.

Ele pegou uma garrafa de lubrificante e cobriu uma grande quantidade na ponta do dedo.

Julia tirou fotos em close do dedo lubrificado de Catherine.

Julia então tirou fotos em close do dedo entrando no ânus do homem.

Ele gemeu enquanto estava sendo penetrado pelo dedo de Catherine.

Então ele inseriu dois dedos.

Então três.

Julia se perguntou se o homem estava gostando.

Mas essa não era sua preocupação.

O trabalho de Julia era tirar uma foto da penetração, e ela o fez, com a câmera capturando tudo.

O estômago de Julia quase afundou quando viu Catherine se posicionar atrás do homem, o pênis grande amarrado à cintura apontando diretamente para a bunda estendida do homem.

Julia estava pronta para gritar e implorar em nome do homem indefeso em cima da mesa.

Ela queria acabar com essa loucura em seu nome.

Mas ela não fez.

Não era o papel dele.

Sua boca estava aberta, incrédula, e ela abaixou a câmera brevemente para poder ver a penetração anal com seus próprios olhos.

Foi uma visão chocante.

Ele levantou a câmera, apontou diretamente para a penetração anal e tirou mais fotos.

CAPÍTULO 8

Segunda-feira.

Era de manhã cedo e Julia estava em seu quarto escuro, revelando todas as fotos que ela havia tirado para Catherine.

Havia mais de duzentas imagens no total.

Os primeiros lotes estavam prontos.

A qualidade da imagem era boa e ela admirava seu próprio trabalho.

Ele sabia que Catherine ficaria feliz com a maneira como capturou a sala de escravidão.

Ele sabia que Catherine também gostaria que o homem submisso fosse capturado.

Havia imagens capturando Catherine em sua roupa e havia close-ups da máscara de ouro.

Julia olhou brevemente para o resto das tiras de filme que havia tirado.

Ele olhou para as imagens do homem chupando o objeto sexual, sendo açoitado e depois sodomizado por um longo período pelo cinto grande.

Os batimentos do seu coração subiram.

Então ele olhou para as imagens do homem sendo abalado por Catherine.

Ele havia disparado uma carga maciça de sêmen no chão, que recebeu ordem de limpar com a língua.

Julia sentiu uma sensação de queimação entre as pernas.

Ela estava excitada em seu quarto escuro, exatamente como havia estado na sala de cativeiro de Catherine.

Ela desabotoou a calça e deslizou a mão direita pela calcinha.

Ele assistiu ao filme que estava sendo revelado, o homem chupando o vibrador enquanto ele estava de joelhos, e ele se tocou sexualmente.

Ele se lembrou de tudo o que sentiu quando viu tudo pela primeira vez.

Ela imaginou que ele fosse sodomizado e Catherine o masturbando.

Ela se tocou pensando no homem chupando os peitos de Catherine.

Ele pensou em todos os comentários verbalmente degradantes que fez a ela e na difícil situação em que ela foi colocada.

Então, Julia se imaginou na posição do homem.

Ela se perguntou se poderia gostar de ser sugada por um vibrador e ser sodomizada em uma posição tão degradante.

Quando ela teve um orgasmo na câmara escura, ela percebeu que a resposta era sim.

TERCEIRA PARTE
Máscara dourada e vestido preto

43

CAPÍTULO 9

Dois meses depois, Julia estava usando um vestido novo quando foi ao escritório de Catherine.

Ela foi convidada para uma reunião privada.

Depois de chegar ao chão sem hesitar, teve uma breve discussão com a secretária e foi autorizado a entrar no escritório de Catherine.

As duas mulheres se cumprimentaram com um abraço, e as duas se sentaram em seus respectivos lugares, com Catherine atrás de sua grande mesa e Julia sentada em frente a ela.

"Posso dizer honestamente que você é o melhor funcionário que já tive", disse Catherine. "Isso significa alguma coisa, dado o número de pessoas qualificadas que trabalharam para mim ao longo dos anos."

Um sentimento de orgulho tomou conta de Julia.

"Obrigado. Eu faço o meu melhor."

"Você gosta de me ter como empregador? Eu tenho uma reputação de ser uma vadia de verdade, o que é bem merecido."

"Eu não acho que você é uma vadia", Julia respondeu brincando. "Eu acho que você é uma mulher forte. E você é facilmente o empregador mais intrigante que eu já tive. Toda semana é meio alucinante. Eu amo isso. Eu sempre aguardo nossas reuniões."

"Bem, infelizmente, seus serviços não serão mais necessários", disse Catherine em tom comercial direto. "Você concluiu sua tarefa fotografando todos os meus submissos. Acho que você fez um trabalho maravilhoso. Seu trabalho excedeu em muito as minhas expectativas."

Julia ficou surpresa.

Ele adorava apreciar, olhar e tirar fotos da vida sexual secreta de Catherine.

Ir ao seu apartamento nas noites de sábado era a emoção da semana.

E ele se masturbava em privado toda vez que voltava para casa.

Ele também gostava da companhia de Catherine semanalmente.

"Oh, bem, estou feliz que você tenha gostado do meu trabalho", Julia respondeu, tentando não parecer arrasada.

"Eu não sou o único que gosta. Todos os meus submissos do sexo masculino concordam que você fez um trabalho excepcional com sua fotografia. Você receberá um bônus considerável por isso. Quando sair do meu escritório, minha secretária o entregará um envelope. com o dinheiro ".

"É muita gentileza da sua parte."

Catherine sorriu.

"Isso não é um problema."

"Existe alguma maneira de nós ... podermos ... continuar isso?" Julia perguntou com toda a confiança que pôde reunir. "Como fotógrafo, acho que há muito mais coisas que poderíamos explorar e que ainda não fizemos".

Catherine levantou uma sobrancelha.

"Sério? Então o pequeno e tímido fotógrafo quer continuar trabalhando para mim. Isso é interessante."

"Bem, eu estou interessado no seu hobby", admitiu Julia, apesar de si mesma. "É uma coisa fascinante, e acho que fizemos um ótimo trabalho juntos em termos de arte."

Catherine pensou por um momento.

"Eu posso ter outra coisa para você. Sem garantias. Mas pode estar fora de seu alcance."

A atenção de Julia foi subitamente despertada.

"O que é?"

"O fetiche da escravidão é mais comum no mundo dos negócios do que você pensa. É muito popular entre homens poderosos, porque eles adoram a mudança de papéis. Eles gostam de desistir das mulheres sedutoras depois de serem as chefes de tudo". o dia. Você está interessado até agora? "

"Seguro."

"Ótimo. Entrarei em contato com os organizadores do evento para ver se você pode participar."

"Evento?" Julia perguntou.

"Sim, é um pequeno evento que acontece de vez em quando. É uma festa de escravidão, basicamente, onde os ricos e poderosos realmente se divertem quando adultos."

"Parece algo que eu adoraria ver."

Catherine sorriu.

"Você não tem idéia. É tão sujo e vulgar que todos estão mascarados. Tudo é completamente discreto. Além disso, é uma tradição."

"O que eu estaria fazendo lá?"

"Tire fotos. O que mais seria? Talvez os organizadores do evento desejem algumas fotos bonitas para lembranças ou algo assim."

"Eu definitivamente posso fazer isso", respondeu Julia. "Para ser sincero, desde que comecei a tirar fotos das suas sessões de bondage, tudo o que faço no trabalho parece muito chato em comparação".

Catherine sorriu.

"Eu sabia que você iria gostar. Você é esse tipo de garota. Agora, se você me der licença, eu tenho um compromisso em alguns minutos."

"Ah, claro. Obrigado pelo seu tempo."

Julia se levantou e estendeu a mão para um aperto de mão antes de sair.

"Mais uma coisa", acrescentou Catherine. "Meus outros amigos nem sempre jogam legalmente. Então, se você quer continuar trabalhando para mim, precisa estar seguro."

"Tenho certeza."

Catherine acenou com a cabeça.

"Eu pensei que sim. Vamos manter contato. E nós retornaremos em breve.".

CAPÍTULO 10

Uma semana depois.

Era terça-feira de manhã cedo.

Julia foi acordada por uma série de batidas na porta.

Ele saiu da cama, olhou brevemente no espelho e abriu a porta.

Para sua surpresa, era a secretária de Catherine segurando um pequeno pacote.

"Bom dia", disse a secretária com um sorriso radiante.

"Bom dia, entre."

A secretária entrou no pequeno apartamento com o pacote e Julia fechou a porta.

"Sinto muito incomodá-lo tão cedo", disse a secretária. "Estou ocupado o resto do dia, então essa foi a única vez que tive."

"Não se preocupe. Você quer um café ou uma bebida?" Julia perguntou.

"Estou bem, muito obrigada."

"Então, o que te traz aqui esta manhã?"

"Catherine entrou em contato com os organizadores do evento", respondeu o secretário. "Todo mundo adora o seu trabalho e acha que suas fotos serão bem-vindas".

"É uma ótima notícia. Eu adoraria participar."

"No entanto, há uma condição."

"O que é?" Julia perguntou.

"O evento da escravidão é exclusivo e eles não deixam nenhum estranho entrar. Portanto, você deve ter uma iniciação antes de poder tirar fotos lá."

As notícias acordaram Julia mais forte do que qualquer xícara de café.

"Que queres dizer?"

"Existe um processo de iniciação para novos membros. Disseram-me que não há maneira de contornar isso. Você precisa, se quiser continuar trabalhando para Catherine."

"Bem, o que essa iniciação exige? Algo extremo?"

"Muda sempre", respondeu o secretário. "Eu comecei há alguns anos e estava bem quieto. Mas para outras pessoas, uau. Eu não gostaria que fossem elas."

Julia de repente sentiu sua mente girar.

Ele queria o trabalho mais do que tudo, e não queria decepcionar Catherine ao recusar.

"Diga a Catherine que eu vou", disse Julia.

A secretária sorriu e colocou o pacote em uma mesa próxima.

"Ela sabia que você estaria interessado. Isso é para você."

"O que é?"

"Abra e você verá."

Julia levantou a tampa da embalagem e viu uma máscara de ouro em um fino pano preto.

A máscara era elegante e semelhante à usada por Catherine em cada sessão de escravidão.

"Para que serve isto?" Julia perguntou, enquanto pegava a máscara para examiná-la.

"Você terá que usá-la para o evento. Ela é do mesmo tipo que Catherine, o que fará as pessoas saberem que você é sua convidada e submissa."

Julia continuou a olhar para ele.

"É uma máscara bonita."

"Certamente é. Há também uma roupa no pacote. Você terá que usá-la. Nada mais, exceto os saltos."

Julia levantou o fino pano preto da embalagem.

Foi completamente transparente.

"Não tenho permissão para usar mais nada por baixo?" Julia perguntou.

"Não, nada. O evento começa às sete da tarde de sábado. Um motorista virá buscá-lo às seis, portanto, esteja preparado. Você pode usar um casaco para cobrir seu corpo quando caminhar até o carro, mas tire-o uma vez. você chega ao evento. Não se esqueça de trazer a máscara e sua câmera ".

"Posso te perguntar uma pergunta pessoal?"

"Claro", respondeu a secretária.

"Você acha que eu posso continuar com isso? Quero dizer, na sua opinião, você acha que eu posso lidar com o que vai acontecer no evento?"

A secretária sorriu.

Só há uma maneira de descobrir. "

CAPÍTULO 11

Sábado á noite.

A porta do elevador se abriu e Julia caminhou rapidamente pelo corredor do prédio.

Ela estava de salto alto e um casaco grande.

Por baixo, ela usava o vestido preto transparente e nada mais.

Ele estava segurando o pacote com a máscara de ouro dentro e outra caixa contendo sua câmera.

Ela andou o mais rápido que pôde para que ninguém a visse.

Um carro preto estava esperando por ela, com o motorista segurando a porta aberta.

Quando ele entrou no carro, viu Catherine sentada no banco de trás.

Uma vez que Julia estava sentada, o motorista fechou a porta e se dirigiu ao destino.

"Você está linda nessa roupa", disse Catherine. "É bom ver você em algo um pouco mais sexy do que o que você normalmente veste."

"Obrigado. Você está ótima também."

Os olhos de Julia varreram o corpo de Catherine, que estava muito mais nu.

Catherine não tinha vergonha de estar sentada no carro usando apenas um vestido preto fino.

Todas as curvas de seu corpo eram totalmente visíveis, e seus grandes mamilos marrons podiam ser vistos através do material fino.

"Você parece um pouco nervoso", disse Catherine.

"Mais ou menos. Todo esse processo é bastante intimidador para mim. Ouvi dizer que há uma iniciação pela qual preciso passar."

Catherine sorriu.

"Você ouviu a coisa certa."

"Você pode pelo menos me dar uma idéia do que vai acontecer?" Julia perguntou timidamente.

- Receio que não, querida. Mas não se preocupe. Você está em boas mãos.

"Espero que sim. Deus, isso é um pouco assustador."

"Então por que você está aqui?" Catherine perguntou sem rodeios. "Qual é a verdadeira razão? Tem que ser mais do que curiosidade profissional. Admita, você é uma prostituta secreta."

"Eu não sou uma prostituta."

"Então talvez eu deva pedir ao motorista que vire este carro e leve-o de volta para o seu apartamento.

"Espere", Julia respondeu rapidamente. "Estou aqui porque gosto do que você faz. Acho emocionante. Quero continuar observando você."

"Você tem fantasias de se juntar? Você já pensou em ser espancada, forçada a usar um cinto com você dentro de algum dos seus buracos apertados?"

"Sim eu quero."

Um sorriso malicioso apareceu no rosto de Catherine.

"Claro. Eu sabia que você tinha potencial de envio desde o dia em que entrei no seu estúdio. Geralmente são as garotas quietas que se tornam as maiores vadias"

"Eu não sou uma prostituta."

"A iniciação deve cuidar disso. Lembre-se de que ninguém o força a estar aqui. Você pode ir quando quiser."

Um calafrio de medo e emoção foi enviado pela espinha de Julia.

Ele se perguntou a que Catherine se referia, mas Catherine simplesmente virou a cabeça com um leve sorriso e olhou pela janela do carro.

QUARTA PARTE
Dor e prazer

CAPÍTULO 12

Portões de segurança foram abertos e o carro foi autorizado a entrar na grande propriedade.

O carro parou em frente a uma mansão e as duas mulheres saíram dela.

"É aqui que colocamos nossas máscaras", disse Catherine. "E tire o casaco. Hora de mostrar aquele corpo bonito que você tem."

Julia tirou o casaco e jogou-o no carro.

Uma leve brisa de vento o lembrou de quão vulnerável ele era.

Ela sentiu o espaço entre as pernas formigar com o ar frio.

Seus mamilos rosados endureceram com uma segunda rodada de brisa.

Julia fechou as pernas com força, numa fraca tentativa de cobrir sua feminilidade.

As duas mulheres colocam suas máscaras douradas.

Julia enfiou a mão no carro e pegou sua câmera.

Eles fecharam as portas e o carro foi embora.

A entrada da mansão era guardada por dois homens robustos.

Eles também usavam máscaras e permaneceram em silêncio quando as duas mulheres se aproximaram deles.

"Senha, por favor", perguntou um dos seguranças mascarados.

"Toalha", respondeu Catherine.

"Senhoras podem prosseguir."

O guarda abriu a porta e eles entraram na mansão.

Julia ficou maravilhada com a peculiaridade do edifício.

Parecia que foi construído para uma família real.

Pinturas, decorações e objetos de coleção foram exibidos nas paredes.

A entrada pela qual eles entraram estava coberta por um grande tapete vermelho.

Eles caminharam por um grande salão.

"Você tem que esperar um pouco no quarto de hóspedes", disse Catherine. "Alguém estará procurando por você em breve."

Julia respirou fundo.

"OK."

"Você ficará bem. Acalme-se."

"Você pode me dizer o que vai acontecer?" Julia perguntou. "Eu ficaria menos nervoso se soubesse disso."

"Não. Espere na sala até que alguém o procure. Mantenha a máscara e deixe a câmera lá. Haverá tempo de sobra para tirar fotos mais tarde."

Catherine abriu a porta e fez sinal para Julia entrar na sala.

O quarto de hóspedes era simples, com alguns móveis de madeira.

Julia respirou fundo e entrou.

CAPÍTULO 13

Ele perdeu a noção do tempo que esperou.

Ela nunca tirou a máscara.

Depois de ficar entediada sentada e esperando, Julia ficou na frente de um espelho e se olhou.

A máscara era encantadora.

E ela não conseguia parar de pensar em como seus mamilos rosados e sua vagina eram visíveis através do tecido fino do vestido.

Ela se questionou e suas razões para estar lá.

Antes que eu pudesse pensar mais, houve uma batida na porta.

Uma mulher entrou, completamente nua, vestida apenas com uma máscara de ouro.

"Siga-me", disse a mulher nua em uma voz suave.

Julia a seguiu para fora da sala e eles desceram o corredor.

Ficou mais escuro.

Muitas luzes foram apagadas e havia um grande número de velas acesas em todas as direções.

Havia um grupo de pessoas mascaradas em pé no corredor.

Alguns estavam nus, outros estavam vestindo ternos.

Todos eles usavam máscaras.

Eles ficaram em círculo, com Catherine em pé no centro.

Catherine estava completamente nua, exceto pela máscara.

Foi a primeira vez que Julia viu o corpo completamente nu de Catherine.

Julia admirava sua figura tonificada e suas curvas voluptuosas com grandes mamilos marrons.

Julia foi conduzida ao centro do círculo, em pé diretamente na frente de Catherine.

Os outros convidados mascarados na sala permaneceram em silêncio.

"Bem-vinda Julia", disse Catherine. "O comitê decidiu admiti-la em nosso clube particular. Não foi uma decisão fácil, mas a qualidade de seu trabalho e sua discrição é o que permitiu sua entrada. No entanto, existem condições para essa aceitação. Gostaria de saber o que são?

"Sim", Julia assentiu nervosamente.

"Primeiro, você deve experimentar a submissão sexual para o grupo ver. Segundo, devo usar quinze clipes de roupa em seu corpo durante o processo. Finalmente, você deve ter orgasmos pelo menos duas vezes na próxima hora. Todas as condições são obrigatório. Você pode aceitar ou sair ".

Julia respirou fundo.

"Concordo."

"Diga-nos por que você aceita. Por que você deseja que atos tão dolorosos e degradantes sejam feitos para você? Você é uma garota muito docc."

Julia pensou por um momento.

"Observar as sessões dela nos últimos dois meses abriu meus olhos para algo novo. Quero continuar fazendo parte disso".

"Mesmo que isso signifique ter que passar por essa iniciação?" Catherine perguntou.

"Sim."

"E o que isso faz de você?"

"Em uma prostituta".

Catherine acenou com a cabeça.

"Tire sua roupa. Mostre-nos seu corpo bonito."

Houve um calafrio na espinha de Julia.

Apesar das máscaras, Julia podia sentir todos os olhos na sala esperando em antecipação.

Ela colocou a roupa transparente nos pés e estava completamente nua.

Ela resistiu ao desejo de cruzar as pernas e permitiu que sua virilha barbeada permanecesse descoberta.

Ela também resistiu ao desejo de cobrir os seios pequenos e permitiu que seus mamilos rosados se destacassem.

Catherine deu um passo à frente e estava a poucos centímetros de Julia.

Ele estendeu a mão e tocou o pequeno peito de Julia, acariciando-o suavemente com a mão.

Ele circulou o mamilo rosa com o dedo e o apertou com força.

"Ohh ..." Julia ofegou.

"Estou te machucando?"

"Um pouco."

"Vamos parar então?"

Julia sabia que estava recebendo um ultimato sutil.

"Não. Por favor, não pare."

Catherine beliscou o mamilo ainda mais forte, fazendo Julia ofegar novamente.

"Você pode não gostar disso no começo. Mas você ..."

Uma mulher nua mascarada se aproximou deles segurando um travesseiro com uma pequena pilha de prendedores de roupa.

Catherine pegou um dos clipes, abriu e colocou no mamilo de Julia.

Lentamente, ele permitiu que o clipe apertasse o mamilo, pouco a pouco.

Catherine soltou o grampo que apertou seu mamilo com força, fazendo-a inchar.

"Dói muito", disse Julia com um desespero calmo.

"Você quer parar? As condições não são negociáveis."

"Quanto tempo o clipe estará lá?"

"Até você atingir o orgasmo duas vezes esta noite. Eu posso acelerar as coisas, se você quiser. Seria mais fácil para um iniciante como você."

"Por favor..."

Catherine pegou outro prendedor de roupa e o usou implacavelmente no outro mamilo de Julia.

"Ahhh ..." Julia gritou.

"São dois clipes até agora. Restam treze."

"Onde você vai colocá-los?" Julia perguntou, quase com medo.

Catherine se inclinou para a frente e sussurrou no ouvido de Julia.

"E seus lábios vaginais? Esse é o lugar tradicional para uma mulher. Você quer parar de sofrer ou se juntar ao nosso clube?"

Era o ponto de não retorno.

Julia se decidiu em um momento, mesmo quando seus mamilos doíam muito.

Seus mamilos, em vez de rosa, estavam ficando com um tom vermelho escuro.

"Eu me recuso a desistir."

"Então deite de costas. E abra as pernas."

Julia estava deitada de costas no chão acarpetado, com as pernas bem abertas.

Sua feminilidade estava totalmente exposta, esperando a dor dos clipes de roupa.

Catherine se ajoelhou e levou um tempo para examinar a boceta na frente dela.

Ela estudou e admirou.

Catherine pegou um clipe de roupa, abriu e levantou o lado esquerdo dos lábios de Julia.

"Isso pode doer um pouco", disse Catherine. "Você é uma mulher adulta. Então, aja como uma."

Com essas palavras de cautela, Catherine cruelmente soltou o clipe, fazendo-a repentinamente fechar os lábios, fazendo Julia gritar.

Catherine sorriu e pegou outro clipe, desta vez, gentilmente soltando-o nos lábios.

A pressão do segundo clipe fez com que os lábios mudassem de forma.

Catherine continuou o processo até o lado esquerdo dos lábios de Julia ficar coberto de prendedores de roupa.

"Como está sua boceta?" Perguntou Catherine.

Julia descansou a cabeça no tapete e lutou com a dor dos mamilos e lábios beliscados pelas presilhas de suas roupas.

"Me dói muito".

"Isso mostra que você é humano. Estou orgulhoso de você por durar tanto tempo. Sua iniciação é mais difícil do que a maioria porque sua experiência financeira não é a mesma que a nossa e você não tem histórico de escravidão."

"Entendi."

"Boa puta. A parte difícil está quase no fim."

Catherine pegou outro pedaço de roupa, desta vez colocando-o gentilmente nos lábios direitos de Julia.

Julia não recuou e gemeu.

Ela já havia se acostumado com a dor em suas áreas sexuais sensíveis.

O padrão continuou até que todos os clipes foram usados na boceta de Julia.

A vagina, uma vez fofa e atraente, de repente ficou deformada.

Os lábios vaginais se estendiam em diferentes direções, como argila.

Catherine olhou para a boceta rosa de Julia e viu que estava molhada.

"Você está pronta para o seu primeiro orgasmo", disse Catherine. "Não é assim?"

"Eu estou."

Catherine chicoteou o centro da boceta de Julia sem aviso.

O choque fez Julia gritar em uma rara combinação de dor e prazer.

A palmada na boceta de Julia continuou até as pontas dos dedos de Catherine serem cobertas com líquidos vaginais.

"Você está encharcada, querida", disse Catherine. "Eu acho que você está pronta."

Com isso, Catherine inseriu dois dedos dentro de sua vagina e usou os dedos da outra mão para brincar com o clitóris de Julia.

Foi uma combinação poderosa.

Seus dedos eram hábeis em agradar sexualmente outras mulheres.

Com os dedos, estava sendo trabalhado de maneira particular e hábil.

Julia gemeu de prazer.

Ela não se importava mais com o grupo de pessoas mascaradas que a observavam.

Nesse ponto, tudo em que ela conseguia pensar era na sensação de queimação na vagina e nos mamilos.

Os dedos continuaram o trabalho frenético.

Catherine estava indo cada vez mais rápido com mais intensidade.

O corpo de Julia tremia.

Ela gemeu.

Catherine sentiu que Julia estava à beira de seu primeiro orgasmo, então ela trabalhou ainda mais, tocando sua buceta quente.

Julia torceu, gemeu e arqueava as costas.

Julia soltou um grito alto e seus dedos se curvaram, depois seu corpo relaxou.

"Esse é o primeiro orgasmo até agora", Catherine sorriu, olhando para os dedos que estavam cobertos de suco de buceta. "Agora é a hora do orgasmo número dois. Mas isso será um pouco mais difícil. Você pode largá-lo quando quiser. Pronto?"

"Sim."

Catherine estalou os dedos e duas mulheres nuas mascaradas vieram e enrolaram tiras de couro em volta das mãos e tornozelos de Julia.

Eles guiaram Julia por aí, para que ela estivesse de joelhos.

Eles estenderam as mãos e os tornozelos de Julia e os prenderam em ganchos no chão.

Julia estava de bruços, completamente amarrada e desamparada.

"Seu teste final é de dezoito centímetros em sua bunda. Não se preocupe, gatinha, vou usar muita lubrificação para você."

Os olhos de Julia se arregalaram.

As amarras nos pulsos e tornozelos estavam apertadas, e ela não tinha para onde ir, a menos que decidisse desistir, o que acabaria permanentemente com seu relacionamento com Catherine.

Ele se recusou a desistir, mesmo quando sentiu os dedos de Catherine empurrando dentro de seu traseiro.

Os dedos estavam cobertos de lubrificação espessa.

Os dedos sondaram seu pequeno ânus o máximo que podiam.

Catherine não foi muito gentil.

Para ela, era tudo negócio.

Então, Julia simplesmente colocou o rosto mascarado no chão e aceitou a penetração do dedo na bunda dela.

"Vou usar a alça com o pênis que você me viu usar tantas vezes nos meus submissos", disse Catherine, inclinando-se sobre o corpo de Julia. "Vou ser lento no começo, mas espero que você acompanhe meu ritmo mais tarde."

Naquela época, Julia tinha lembranças de todos os homens mascarados que haviam sido fodidos analmente pela variedade de cintos diferentes de Catherine.

Julia imaginou estar no papel de submissa tantas vezes antes.

Mas ela nunca imaginou o que realmente aconteceria com ela.

A ponta do cinto pressionou com força o ânus de Julia.

Catherine usou as mãos para separar as nádegas de Julia, permitindo que o objeto sexual penetrasse no pequeno buraco.

Julia gemeu alto quando o objeto entrou em seu corpo.

Lentamente, ele entrou no reto dela.

Ela fechou as mãos com força e cerrou os dentes.

Quando o objeto continuou a lenta jornada em sua bunda, ela abriu a boca e soltou um gemido.

Ele continuou até a virilha de Catherine apertar contra sua bunda.

"Garota corajosa", disse Catherine no ouvido de Julia. "A maioria das pessoas já teria desistido. Você não. Você está quase terminando. Isso vai se sentir bem em um momento."

Catherine retirou-se lentamente do reto de Julia, depois deu um empurrão gentil, empurrando-o para dentro mais uma vez.

Ele usou o ritmo lentamente, de acordo com a tensão de Julia.

Cada empurrão fazia Julia gemer.

Julia olhou ao redor da sala enquanto ela estava sendo sodomizada.

Os convidados mascarados estavam em silêncio e assistindo o show.

Ele se perguntou o que eles pensariam dela.

Ele se perguntou se eles estavam animados.

Ele se perguntou se eles queriam entrar na bunda dele também.

O impulso dentro da bunda de Julia continuou.

A dor logo se juntou ao prazer.

Seus mamilos e sua boceta ainda doem muito com os clipes em suas roupas.

A dor continuou a crescer, mas o prazer também acreditava com intensidade igual ou maior.

Seu ânus ainda doía com o brinquedo sexual de quinze centímetros, e ele não estava completamente acostumado.

Mas havia um estranho prazer crescendo dentro dela.

Ser fodido analmente para todos verem foi emocionante.

Foi sensacional.

As investidas se tornaram mais rápidas e mais profundas.

Catherine mostrou menos piedade e menos ternura e realmente começou a ser dura com Julia.

Julia estava sendo tratada como qualquer submissa de Catherine, o que foi um elogio a Julia.

Isso significava que Catherine sabia que Julia era forte e digna o suficiente para receber punição anal.

"Eu posso sentir seu orgasmo se aproximando", disse Catherine, enquanto empurrava. "Venha para mim, querida. Faça isso e entre para o nosso clube."

"Estou tentando", ofegou Julia.

"Talvez isso ajude, gatinha."

Catherine chegou por baixo e começou a brincar com o clitóris de Julia, enquanto a sodomizava.

A sexualidade de Julia estava sendo agredida por todos os lados.

Seus mamilos doíam.

Seus lábios doíam.

Seu ânus e reto estavam sendo brutalmente espancados.

Agora seu clitóris sensível estava sendo massageado.

"Oh, meu Deus!!!" Julia gemeu.

As costas da jovem se arquearam violentamente, e suas mãos e pés se apertaram com toda a força.

Fluidos saíram de sua vagina e cobriram o chão.

Pela segunda vez, ele correu na frente de todos mais uma vez.

"Parabéns", disse Catherine, esfregando os cabelos de Julia. "Você agora é um membro do nosso clube."

Catherine puxou lentamente o brinquedo sexual da bunda de Julia e se levantou.

Ela olhou para Julia no chão.

Julia estava sexualmente exausta no momento e lentamente voltou a si mesma.

As outras mulheres mascaradas vieram desamarrar Julia, removendo os grampos de seus mamilos e boceta.

Julia se levantou e os outros convidados mascarados na sala aplaudiram seu novo membro.

EPÍLOGO

Seis meses depois.

Julia estava usando um lindo vestido enquanto esperava no elevador.

Ela estava segurando um grande envelope amarelo.

Quando chegou ao apartamento, cumprimentou a secretária com um sorriso familiar.

Então ele entrou no escritório de Catherine.

As piadas foram trocadas e Catherine abriu o envelope para olhar as imagens recém-reveladas quando os dois se sentaram.

"Você se superou", disse Catherine, olhando as fotos. "Trabalho requintado. Os ângulos da câmera, a iluminação, o clima. São perfeitos. Nossos amigos do clube vão adorar."

"Obrigado. Espero que você goste."

"É uma pena que essas imagens tenham que permanecer privadas. Seu talento como fotógrafo deve ser reconhecido por muito mais pessoas".

"Seu reconhecimento é suficiente", disse Julia corajosamente.

Catherine sorriu.

"Que menina doce."

"Vi meu cheque colocado na mesa da secretária. Tenho certeza de que é outro pagamento generoso, pelo qual sou muito grato. Mas hoje eu esperava algo um pouco mais ... extra ..."

Catherine se abaixou em seu escritório para tirar a calcinha de baixo da saia.

"Muito bem. Você tem trinta minutos antes da minha próxima reunião."

"Obrigado."

Julia se aproximou da mesa informalmente.

Ela tentou esconder sua impaciência, mas ambos sabiam como Julia realmente se sentia.

Catherine abriu as pernas e viu Julia cair de joelhos.

O limite era de trinta minutos, então Julia não perdeu tempo e começou a comer a vagina de sua Senhora Dominante até chegar ao ponto do orgasmo.

FIM

71